CASA DE BARRO BRANCO E AREIA

Copyright © 2024 por Lura Editorial.
Todos os direitos reservados.

Gerente Editorial
Roger Conovalov

Coordenador Editorial
Stéfano Stella

Diagramação
Manoela Dourado

Revisão
Simone Souza

Capa
Marcela Lois

Consultoria de conteúdo e enredo
Renato César/Rosanne Peixoto/
Danielle Gadelha/Andréa Medeiros

Todos os direitos reservados. Impresso no Brasil.

Nenhuma parte deste livro pode ser utilizada, reproduzida ou armazenada em qualquer forma ou meio, seja mecânico ou eletrônico, fotocópia, gravação, etc., sem a permissão por escrito do autor.

Dados Internacionais de Catalogação na Publicação (CIP)
(Câmara Brasileira do Livro)

M775c

Monteiro, Genedilson

Casa de barro branco e areia/ Genedilson Monteiro. – 1ª ed. – São Caetano do Sul-SP : Lura Editorial, 2024.

144 p.; 13,5 x 20,5 cm

ISBN: 978-65-5478-147-3

1. Poesia. 2. Literatura brasileira. I. Monteiro, Genedilson. II. Título.

CDD: 869.91

Índice para catálogo sistemático
I. Poesia : Literatura Brasileira
Janaina Ramos – Bibliotecária – CRB-8/9166

[2024]
Lura Editorial
Alameda Terracota, 215. Sala 905, Cerâmica
09531-190 – São Caetano do Sul – SP – Brasil
www.luraeditorial.com.br

Dedico a todos os que não souberam, ou não puderam, dizer adeus.

Agradeço a todas as boas almas que Deus fez cruzar a minha jornada. E somente a algumas muito ruins.

"AQUI JAZ MIM"

(Geneceuda Monteiro)

PRIMEIRO, UM POEMA

O CADERNO ESTAVA dentro do bolso do meu casaco e eu desci as escadas do sótão apressado, como se houvesse mais alguém que pudesse notar aquele volume que eu carregava escondido. Saí direto para o jardim e percorri mais uns metros, já entrando na mata que limitava o terreno da casa onde estávamos. Apesar de sempre estar por aquelas paragens, muitas vezes passeando, eu precisava achar um lugar mais escolhido, onde pudesse cavar com qualquer graveto para enterrar, ali mesmo, todas aquelas amarguras, decepções e narcisismos que pareciam habitar aquele amontoado de tentativas de poemas sem muito interesse para mim.

Eu me comprometera a publicar tudo, mas hoje acordei com o coração arrependido e decidi que vou me livrar disso. Cheguei a escrever nele e, por várias vezes, passei por seus textos folheando rapidamente. Há alguns dias, até passei a contar a quantidade de poemas escritos, mas ler, ler mesmo, havia lido poucos, bem poucos deles. Recentemente, havia inserido alguns que eu mesmo fizera, na tentativa de dar, a um presunçoso futuro livro, um certo corpo. Penso que inserira uns dez ou quinze mais. Mas, mesmo destes meus pessoais, eu não gostara.

Cheguei numa pequena clareira onde a terra me pareceu mais propícia. Sentei-me entre flores outonais que se decompunham, estradas de formiga, velhos troncos e galhos, cogumelos e pequenas poças de água. Tirei do bolso o caderno e comecei a cavar o chão. Do buraco rasgado na pequena restinga, minou a água da chuva que caíra da copa das árvores mudas. Do espelho da água que brotava do solo, surgiu uma luz, que vinha do topo do céu, furando o verde. Da luz, voou um beija-flor colorido de azuis e verdes reluzentes que roncou seu voo bem na ponta do meu nariz. Mostrou-me sua língua lépida e pousou na poça, banhando-se contente na banheira que eu acabara de construir.

Escondi dele o volume empoeirado daquele caderno que, por receio sei lá de quê, eu amarrara com os cadarços brancos de um velho tênis do meu pai morto. O passarinho fez mais alguns voos ao meu redor, parou sobre um alongamento de raízes descobertas que se estendia para a clareira e começou a sacudir-se. Depois de limpar o bico e as penas, o beija-flor me olhou bem nos olhos e disse:

Cogumelos são
Guarda-chuva, guarda-sol
Conforme a floresta

– Ei, esse poema é meu – eu reclamei.
E ele simplesmente levantou voo, gritando:
– Eu sei. – E partiu.

LEMBRANÇAS

Porta não é útil
A quem não tem onde ir
Por isso se fecha

O MEU PAI ERA UM contador autointitulado poeta. Nós éramos uma família unida até um pouco antes de eu fazer meus nove anos de idade. Dessa data em diante, eu e minha mãe passamos a viver sem meu pai. Seguimos eu, mamãe e mais uma jovem irmã dela, uma tia minha que ajudava como minha babá e auxiliar doméstica da minha mãe. Coisa de irmãs. Minha mãe trabalhava como professora estadual, cuidava do apartamento e de nós três. Guardo boas lembranças da nossa vida juntos, antes do meu pai sumir.

Eu, meu pai, minha mãe e minha tia em casa. Tudo eram maravilhas. Lembro-me das tardes alegres, de chegar da escola e abraçar meus pais, da hora da janta, quando convivíamos mais, e dessas coisas pequenas da infância, como dos passeios à tarde na praia, das idas e vindas da escola quando eles me pegavam após o trabalho, de uma ou outra tarefa que fiz com ele, de uma ou outra guloseima que eu saboreava com a minha tia e, ainda hoje me lembro, de todos os carinhos e afagos da minha mãe.

Acho que eu nutri a esperança de viver toda a vida em felicidade, mas isso nem sempre é possível o tempo todo.

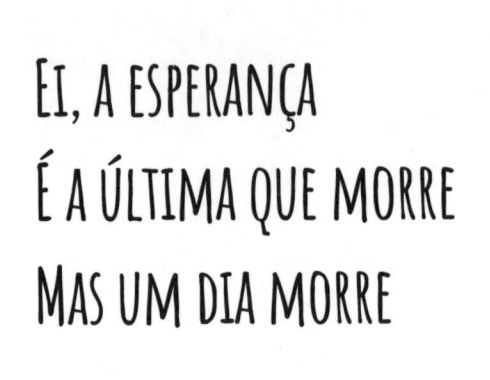

Ei, a esperança
é a última que morre
Mas um dia morre

Recordo que cheguei em casa uma tarde, vindo da escola com minha tia, quando encontramos o apartamento meio escuro. Da subida das escadas, já dava pra identificar o tom alto da voz da minha mãe, reclamando de algo com furor. Abrimos a porta meio amedrontados. Meu pai não estava no seu escritório, nem na cozinha, nem na sala vendo TV. A princípio, eu não me importei muito. Até que percebi minha mãe elétrica, em transe, entrando e saindo de todas as portas e passando por todos os corredores daquele nosso pequeno apartamento. Ela não falou comigo; diretamente, não. Nem se dirigiu à irmã, mas falava alto e esbravejava cabisbaixa sacudindo nas costas um pano branco. Ainda hoje, de vez em quando, eu rememoro aqueles sons vivazes e persistentes, que ecoaram tão marcantemente em toda a minha vida. As repetidas menções que minha mente infantil gravou da minha mãe dirigindo-se ao meu pai já ausente: "Melhor viver só. Um inútil... preguiçoso. Um verme que mal paga as contas. Que não faz nada dentro de uma casa... tudo nas minhas costas, tudo pra eu resolver... uma pessoa que não serve pra nada... e agora mais essa...".

Naquela tarde, eu procurei e não mais vi o meu pai conosco. E ele não voltou naquelas horas seguintes. Recolhi-me cedo e passei a noite com o ouvido colado na porta do meu quarto esperando ouvir o assovio, os passos, o barulho da chave na porta de entrada ou aquele pigarreado que anunciava sua chegada todos os dias, mas foi tudo silêncio deste dia em diante.

Meu pai não voltou nos dias seguintes. Foram-se meses e passaram-se anos. E ele nunca mais esteve em nossa casa. Nós passamos a evitar os ambientes onde pudesse ocorrer qualquer encontro nosso. Cortamos contatos com familiares e amigos dele e dedicamos a nossa vida a cuidar uns dos outros. Eu confesso que não tenho lembrança de, em qualquer dia até a morte da minha mãe, ter recebido alguma notícia dele. Eu absorvi que havíamos sido abandonados.

Até hoje vivo com esse sentimento de abandono preso no meu coração. Um sentimento estranho que você alimenta e nutre, mas que não compartilha. Tive uma adolescência estranha, reclusa, recalcada. Precisei apagar da memória os eventos escolares e sociais dos quais participei e me senti o único ser, dentre todos os seres presentes, a não ter uma família como os outros tinham. E lembro-me de que eu corria e me escondia para chorar em cada um desses eventos. Minha mãe sempre percebia. Algumas vezes me acalentava, sem dizer palavra. Muitas vezes apenas me deixava amargando minhas lágrimas.

Saudade é lembrar
Sem mais ter a esperança
De se encontrar

Meu amor por minha mãe sempre foi incondicional e insuperável. O fato de termos nossas histórias sempre muito ligadas, e sem interstícios ou quebras, solidificou em nós os bons sentimentos de alma. Bons e recíprocos. Éramos inseparáveis do ponto de vista físico, e espiritualmente conectados. Já com o meu pai ocorreu justamente o contrário após a minha segunda infância.

A perda da minha mãe foi súbita. Ocorreu quando eu era concluinte de uma pós-graduação. Isso já faz mais de quatro anos. Eu estava no semestre de conclusão do mestrado, terminando os trabalhos para apresentação da minha dissertação em literatura. De repente, um amigo chega a mim, numa quinta-feira chuvosa, leva-me para um canto da faculdade e me revela que precisávamos ir para casa porque um acidente grave acontecera com ela. Fomos no carro dele, por sua insistência, e, no caminho, ele fora alinhavando para mim a perda daquele marco existencial da minha vida. A mulher que abdicara, quase que por completo, da vida dela para ser a minha própria vida morrera subitamente, num acidente tolo, quando atravessava uma rua. Nem tive tempo de pedir a sua bênção, como o fiz por todos aqueles vinte e tantos anos que eu tinha. E se foi minha alma boa.

A morte do meu pai foi diferente. Não houve um corte seco de uma moira. Ele foi desfalecendo aos poucos, engasgado com palavras não ditas e coisas não esclarecidas para uma pessoa, por acaso eu, que não deu a ele a chance de pronunciá-las. Ontem fez quinze dias da morte dele, exatos quatro anos passados do falecimento da minha mãe. Morreu distante, numa UTI. Mesmo voltando a viver dois anos junto a ele, durante seu definhamento, eu não conversei com o meu pai.

Morreu a matéria
Sobe o espírito para
Ver o Criador

DIABETES

Uma abelha espera
Na porta do seu refúgio
Vir um beijo doce

A HISTÓRIA DE COMO o meu pai começou a sentir os efeitos do diabetes eu sequer sei como se deu. Mas, há cerca de dois anos e meio, algo assim, eu preparava um projeto para incrementar minhas vendas on-line, afiliando-me ao nicho de encapsulados e veiculando tráfego pago nessas plataformas disponíveis. Despendia todo o meu tempo alimentando a esperança de encontrar algum produto vencedor na internet que me transformasse num milionário da noite para o dia, como eu via nos vídeos. Então, recebi uma mensagem num desses sites de relacionamento social de um suposto amigo do meu pai.

Era uma noite quente de novembro. Eu estava tentando organizar alguns documentos da minha mãe, que havia morrido fazia dois anos e alguns meses e, a partir de um pontinho vermelho de notificação na minha caixa de mensagem, fui direcionado para um parágrafo que mudou minha vida de novo. Insone, com as janelas do apartamento abertas, por conta do calor que fazia, e as portas sempre muito bem trancadas, como minha mãe me acostumara, cliquei naquele alerta.

Um antigo amigo do meu pai, num perfil chamado "Arqueiro Urbano", enviou-me uma DM: "Seu pai sofreu um surto, ficou sem sentido e cego temporariamente, saiu vagando pela cidade e foi recolhido pelo Samu. Está internado no hospital da cidade, vizinho à Praça da Independência." Eu não respondi nada. Fechei rapidamente as minhas páginas e fiquei parado na frente da tela escura do computador por um tempo. Um bom tempo, com as mãos espalmadas no cabelo seco que implorava por um banho. Não fiz nada.

Demorei mais um ou dois dias tentando ignorar a mensagem. Nem abri a máquina. Eu pensava em voltar à página e, na caixa de entrada, esperava encontrar outro ponto vermelho de notificação. Penso que era na esperança de ver se ela me abriria outra mensagem diferente. Um pedido de perdão pelo equívoco do envio anterior. Mas a caixa não trazia nada mais. *Tudo bem, eu também não vou atrás desse cara*, pensei.

Foram-se mais alguns dias de pusilanimidade. Porém, não sei por qual motivo, antes do almoço, no quinto ou sexto dia após a mensagem, eu decidi ir até o hospital nas cercanias da praça citada na mensagem. Precisei pesquisar alguns documentos nas pastas da minha mãe, escondidas no guarda-roupa dela, antes de sair de casa. É muito difícil arrumar o quarto de uma mãe morta. Foram muito duras todas as vezes que eu precisei fazer isso, até aquele dia. Muito choro, muita saudade. Revirar fotos, tatear vestes, segurar adereços, sentir cheiros...

Naquele dia em particular, foi tudo muito diferente. Abri aquilo com uma decisão e objetividade que eu nunca havia experimentado antes, e também não sei o porquê, mas senti uma motivação naquele momento.

Confesso que eu sabia o nome do meu pai, mas somente o primeiro nome. E apesar de ter, logicamente, seu sobrenome, eu não sabia, com segurança, qual dos meus sobrenomes vinha da família do meu pai, se é que eu tinha o nome dele ainda no meu. Minha mente apagou, ou fazia de conta que havia apagado e esquecido algumas coisas. Pesquisei mais demoradamente, achei um antigo documento do casal e fui procurar por ele no hospital.

Eu o encontrei dormindo num apartamento providenciado por seu plano de saúde. Não lhe faltava, aparentemente, qualquer cuidado, mas já era um senhor de setenta e poucos anos deitado numa cama de hospital e acometido de um mal hereditário. Aquele homem, naquela sala, não se parecia mais com o pai que eu pensei que um dia tive. Era outra pessoa com uma leve lembrança fisionômica do meu pai. Mas o impacto de reencontrar um pai, em qualquer que seja a circunstância, deve ser igual a esse que me sacudiu tão fortemente. Foi congelante.

Passei muito tempo, cerca de quase uma hora, parado na porta do quarto, observando o homem velho que dormia. Fiz menção, algumas vezes, de entrar, mas me contive. Naquele momento, eu não me lembro de ter pensado em nada, ou, não sei, posso ter pensado em tudo. Ou em todos os momentos que eu guardava na minha memória do pai que um dia eu tive. Ou em nada do que havia recebido dele durante, já, tanto tempo passado em abandono.

De repente, ele se mexeu e acordou. Eu entrei. Nós não falamos nada. Apenas trocamos um breve olhar e corremos, quase que em sincronia, os olhos para algum objeto próximo, ou uma moldura mais à frente. O fato de ele estar com uma sonda nasogástrica e muito sonolento nos permitiu continuar calados. E eu liguei a TV. Passado mais uma hora e pouco, eu tentei dizer algo como desculpa para me ausentar da sala, mas também não tive essa coragem e, como eu precisava conversar com o médico e saber detalhes, esperei.

Vi a lua nua
E já apareceu comida
Quando minguava

O médico do plantão noturno chegou e eu vi que a tarde correra muito depressa. Foi ele a primeira pessoa a nos apresentar como família outra vez, depois de anos:

– Boa noite – disse o médico quando entrou.

– Boa noite – respondi, levantando-me do sofá de acompanhante.

– E você, quem é?

– Eu recebi uma mensagem de um desconhecido, ou suposto, não sei, amigo dele, dizendo que meu pai estava internado aqui. Eu procurei e consegui algum documento que minha mãe guardava, e então...

– E você mora onde? – o médico me interrompeu. – O hospital procurou parentes dele por vários dias. Ainda bem que você apareceu.

– Moro aqui perto. Nós não morávamos juntos desde que eu...

Fui interrompido por um gesto do meu pai que abanava uma de suas mãos ressecadas, emaranhada nos escalpes e esparadrapos. Senti que eu devia parar de falar por ali mesmo. E me calei. O médico, quem sabe por simpatia, também mudou de assunto e passou a me narrar como o paciente chegou ao hospital e o que já houvera sido feito por ele até aquele momento:

– É um quadro de diabetes em que o paciente não tem tomado a medicação adequadamente. Então houve uma desordem glicêmica e ele entrou em delírio, com quadro de cegueira temporária. Ele foi encontrado vagando em estado de confusão mental. Foi trazido, já está medicado e em estado estável. A visão já está se normalizando desde ontem, mas precisa de cuidados.

Em seguida, alertou:

– Estarei de plantão esta noite. Se por acaso você precisar de alguma coisa ou se seu pai tiver alguma alteração, aperta aqui nesse botão que a enfermeira chega. Tenham uma boa noite. – E saiu.

Eu não havia me programado para uma noite no hospital com aquele "cara", mas não sei por quais motivos não o deixei sozinho. Meu pai passou toda a noite dormindo, e eu sem pregar o olho. Todas as vezes que eu precisava acompanhar ou cuidar de alguém hospitalizado, eu entrava nesse estado de medo e atenção. Durante a noite, eu me levantava a cada vez que ele fazia qualquer movimento.

No outro dia, ele tirou a sonda. Eu me comportei como na noite passada. Quando ele se acalmava, eu voltava para o sofá para ver TV. Meu pai dormiu melhor a segunda noite inteira e acordou sem alterações. O café da manhã dele chegou e eu precisei alimentá-lo. Alimentar um pai, dando a ele comida na boca, sempre leva a evocações, mesmo que não muito claras ou reais, da cena inversa, da boca pequena recebendo o alimento do homem mais velho. Ele tomou seu café com dificuldade. Depois virou e descansou por mais uma hora.

Como eu já estava ali por dois dias, senti necessidade de acessar e reorganizar meus negócios. Havia a urgência de voltar ao apartamento, tomar um banho, resolver coisas rotineiras e comprar algo leve para ele vestir quando saísse do hospital. Então, querendo dirigir-me a ele, mas falando para a enfermeira matutina, disse:

– Eu vou dar um pulo em casa e volto. Se a senhora achar que ele precisa de algo, pode me dizer que eu trago.

Ela só respondeu:

– Tá certo.

E meu pai, como que sabendo que a mensagem era dirigida a ele, apenas balançou a cabeça, em negativa.

Voltei à tarde e procurei a enfermeira. Perguntei-lhe se o hospital havia encontrado mais alguém ou algum acompanhante para meu pai. Não havia. Perguntei-lhe também se ela conhecia alguém que pudesse ficar com ele durante o dia, porque eu trabalhava e tinha negócios. Disse-me que ela mesma poderia fazer isso, nas folgas, num contrato por fora, mas não seria necessário, porque já no dia seguinte ele estaria de alta.

Meu pai teve alta e eu o acompanhei até onde ele morava. Não dissemos uma palavra. Saí do hospital acompanhado por um senhor alto, de olhos claros, cabelo bem penteado e vestido com as roupas leves que eu havia providenciado. Em silêncio, entramos no carro que ele já havia solicitado por celular e seguimos para a sua residência. Uma quitinete a duas quadras do calçadão da praia, numa rua muito movimentada, barulhenta e comprida, repleta de lojas e pequenos negócios.

Ele tinha o controle e a destreza com todas as suas chaves. Entramos no pequeno prédio, entramos no pequeno imóvel. Um sala-cozinha e quarto, separados por um biombo, com o banheiro ao fundo. Muito arrumado, limpo e funcional. Ele foi para a pia, preparou um café de máquina, pegou as xícaras, o adoçante e os colocou sobre a mesa de centro. Eu tomei o meu café. Ele, o dele. E, como não conversamos, ele ligou a TV. Passado um tempo, colocou em cima da bandeja um chaveiro com duas chaves e se recolheu, deixando a porta do quarto aberta.

Demorei um pouco até que ouvi o seu ronco. Procurei no meu telefone o número da enfermeira para me certificar de que eu poderia deixá-lo só. Ela não pôde atender. Dois minutos depois, mandou mensagem. Eu digitei minha indagação e ela respondeu que ele precisava, sim, de uma companhia sempre, "principalmente porque se tiver qualquer recaída, poderá perder a memória e ficar vagando", mas me tranquilizou em seguida, porque, estando com suas taxas normais e com a devida medicação em dia, podia passar alguns momentos sem companhia. Eu agradeci e não liguei mais.

Descobri, dentre as novas chaves que ganhei, qual abria e fechava a porta de entrada. Abri, saí e fechei. A outra era do portão de acesso ao prédio. Chamei um carro pelo aplicativo e voltei pensativo para casa, deprimido. Imaginando por qual motivo meu pai, que eu pensava ser uma pessoa que vivesse feliz conosco, pudesse abandonar tudo na vida em família, deixando mulher, casa e criança, para levar a vida num cubículo daqueles.

Estrada é feita
Para trazer e levar gente
Seja reta ou torta

Eu o visitei todos os dias por meses, mas, como minhas vendas me pediram maiores engajamentos, vi que não poderia estar com ele por todo o tempo. E aquilo que hoje poderia ser narrado como o nosso primeiro diálogo foi sobre isso. Eu havia chegado e entrado na quitinete. Na mesa, já estava a máquina de café, que ele trouxera da pia, e as cápsulas. Mesmo sem termos trocado qualquer palavra após esse reencontro, meu pai já passara, de longe, a ser a pessoa com a qual eu havia tomado mais xícaras de café na vida. Eu me sentei, tomei meu café. Depois do costumeiro silêncio dos nossos dias, eu me atrevi:

– Eu trabalho em casa vendendo produtos na internet. E tenho tido uma demanda aumentada nestes dias. Vou ficar em casa mais tempo. Aí não vou poder vir aqui todos os dias – eu disse, já pensando em me levantar e sair.

– Vou vender essa quitinete – ele me surpreendeu. – Além disso, tenho uma boa poupança e também um amigo que me ofereceu uma casa na praia. Vou comprá-la e você registra ela no seu nome. Já está tudo acertado. Ele é corretor. E eu e você... nós podemos morar lá. Meus dias já não são tantos pela frente. Eu sei que você mora só – ele concluiu, olhando para a minha cara atônita.

Ouvir a voz do meu pai, conversando diretamente e dirigindo-se a mim, foi impactante. O tom de voz, a cadência das palavras, a imposição assertiva das frases, tudo falava muito forte dentro de mim. Percute na alma, mais do que no coração, a palavra de um pai. Para mim, foi algo mais especial, porque se sobrepunha aos sons diuturnos da voz da minha mãe gravados em mim desde aquela tarde triste da minha infância. E passei todo o resto do dia me importando menos com o que ele disse e mais tocado pelo volume, ritmo e pela vibração daquela voz que eu esquecera.

As semanas se passaram muito depressa depois que trocamos aquelas palavras. Meu pai desenrolou todo o processo de compra e escrituração, ele mesmo pagando com as economias que tinha em banco. Tudo documentado em meu nome. Encontramos o corretor, amigo dele, cuidamos de papéis, de dinheiros, de cartórios... A quitinete, apesar de pequena, rendeu muito dinheiro. A poupança cobriu os demais custos. E todas as transações ocorreram de uma forma calma, rápida e eficaz.

Três meses depois daquela conversa, fizemos a mudança. Eu me via como uma pessoa sem alternativa. Na minha cabeça, mesmo ele tendo feito o que quer que tenha feito, e mesmo que, para mim, ele nunca tenha gostado, nem se importado comigo, eu sabia que ele era o meu pai. Como eu o abandonaria? Eu não o abandonaria. E assim, passados dois anos da morte da minha mãe, passados quatro meses desde que eu reencontrei o meu pai no hospital, nós fomos morar juntos numa mesma casa.

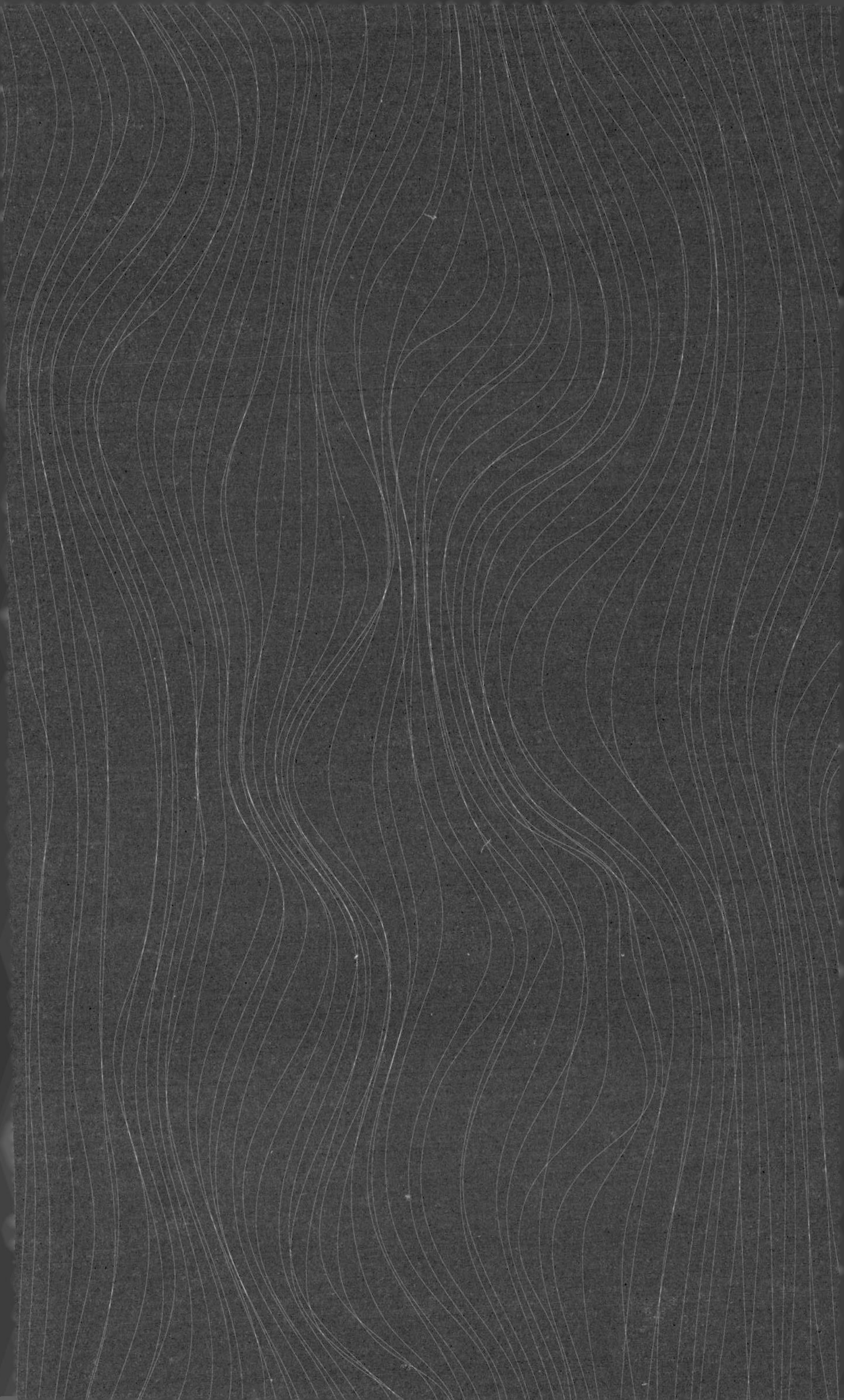

A
CASA

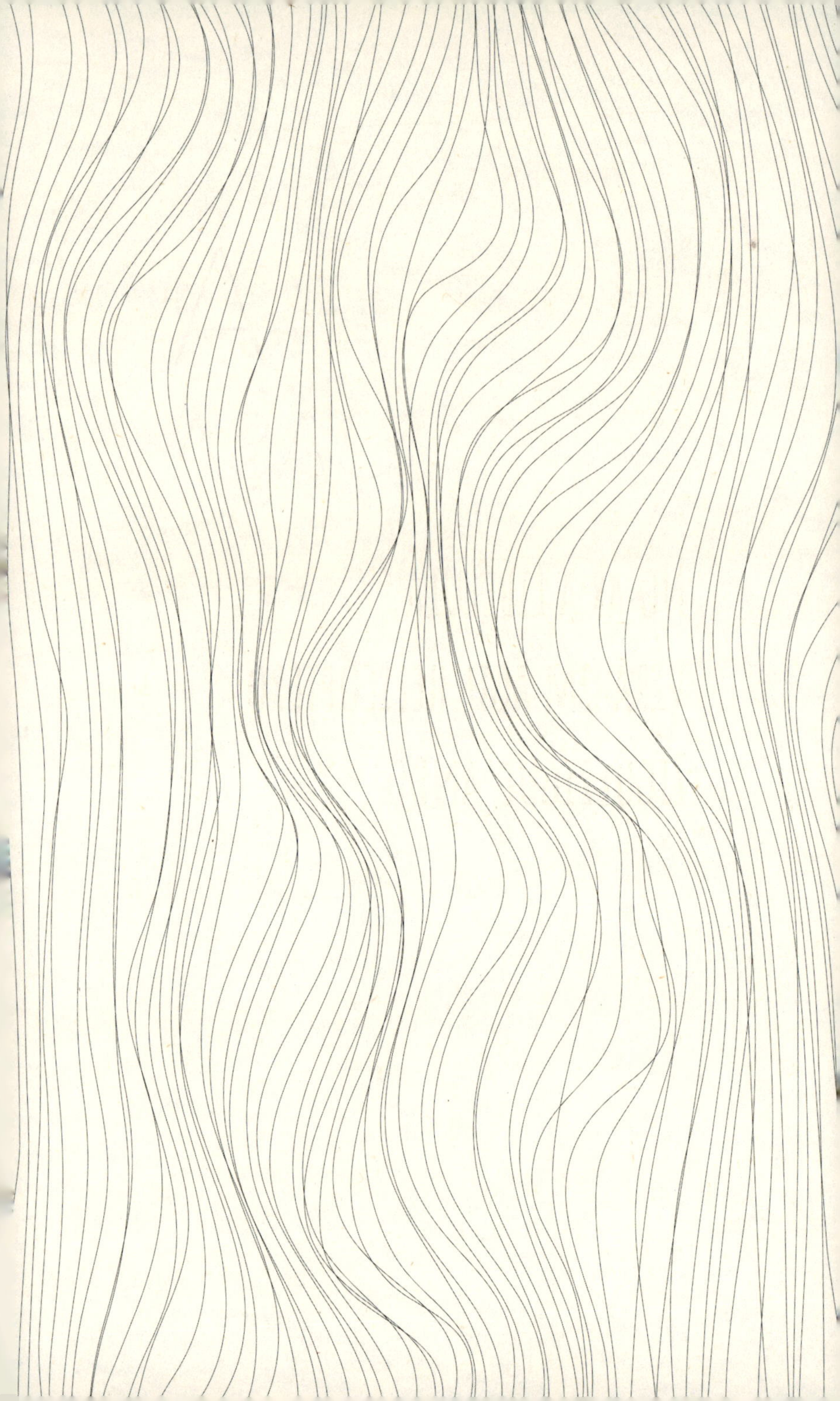

No ar a libélula
Vira um ágil helicóptero
Ziguezigue'ando

A CASA NA PRAIA DE Tabatinga ficava no sopé duma falésia, estendendo-se até os seios brancos da praia. Ao lado, havia uma pequena floresta que emendava com nosso jardim florido de mangabeiras, acerolas, araçás e jambeiros. Morávamos arrodeados de pássaros, saguis e raposas. Nossas visitas frequentes eram garças, carcarás, chama-marés, marias-farinha, teiús, abelhas e beija-flores.

Fomos recebidos por um julho friorento e cheio de nuvens cinzas. Trazia a pouca bagagem de um adulto sem vida social, limitada a livros e *gadget*s inúteis, e um pai de setenta e poucos anos que já começara a escolher um local calmo para descansar da vida agitada que teve. Desde a morte da minha mãe, o apartamento alto na cidade de concreto, atrás das dobras verdes no horizonte norte, passara a ser grande demais para mim, sozinho. A minha tia voltara para a cidade interiorana logo após o enterro da minha mãe, a fim de morar com a mãe dela, a minha vó. E a minha vida de adulto também me afastou definitivamente delas. Então, eu aluguei o apê.

Na casa, enquanto eu cuidava de produtos e tráfego na internet, garimpando, fazendo *copies*, *landing pages* etc., ele apenas lia, via TV e reclamava. Reclamava de tudo, mas nunca se dirigia a mim diretamente. Sempre dialogávamos por vias indiretas, por meio da enfermeira contratada, que dividia algumas diárias conosco, ou, na ausência desta, por intermédio de qualquer objeto da casa, principalmente o controle remoto. Vez ou outra, eu o flagrara também datilografando numa Olivetti repinicante, único bem que, pelo que me lembro, ele fez questão de trazer junto dos papéis, cadernos, discos e livros. O restante do tempo ele passava escrevendo, desenhando, rabiscando grafites nos seus cadernos.

Pulando simpáticas
As teclas da velha máquina
Marcam o papel

Com um tempo juntos, até as reclamações passaram a ser menores. Afinal, eu não resisti à ideia dele de virmos juntos para a orla do mar de Tabatinga, nessa casa nova que ele pagara e eu herdaria. Era meu segundo patrimônio. Além disso, o diabetes debilita de tal forma o corpo que aos poucos a alma também parece não suportar. E ele entrou em um estado de saúde decrescente que o deixava acomodado até com coisas que anteriormente o irritavam.

Passávamos os dias como estranhos na casa. Eu e a enfermeira cuidávamos de suas necessidades diárias. Ele ainda tinha mobilidade e isso nos poupava de banhos e da sua higiene íntima. No entanto, já com a memória bastante debilitada e apresentando cada vez mais complicações do diabetes, ele não tinha mais qualquer tarefa a cumprir. Obedecia somente àquela rotina na qual nós nos revezávamos nos cuidados com comida, horários de remédios, alguns delírios e com a evolução da doença, aí incluindo as suas internações. E ele somente suportava.

Era uma casa térrea, com uma pequena varanda na frente. Por dentro, havia três quartos, cozinha e dependência de serviço. Tinha uma sala e um escritório com um birô para ele. Eu utilizava o link de internet e trabalhava com o computador no colo, muitas vezes sentado sobre o sofá, de costas para o birô. No escritório, com uma janela para o verde e outra para o mar, ficava uma estante com livros, fotos e um antigo aparelho de som que reproduzia os dois únicos vinis que restaram de sua coleção: John Denver e James Taylor, visto que o de Roberto Carlos se quebrou na mudança e eu o esqueci no sótão com as demais saudades.

Passamos mais dois julhos juntos. Agosto passamos separados, ele numa UTI. Até um setembro em que, por fim, nos separamos definitivamente. Foi o diabetes que levou o meu pai. E eu fui sua companhia e assistência nos seus difíceis momentos finais. Desde o reencontro, eu apenas não estive com ele no momento de sua morte, porque, internado uma última vez, no frio distante do quarto hospitalar, não me foi permitida a visita devido às normas do nosocômio.

    Meu pai morreu quatro anos e alguns meses depois da minha mãe. Agora já faz quinze dias que eu moro aqui, nesta solidão. O mais interessante de tudo é que eu sempre pensei que, do modo como nós vivíamos dentro desta casa, eu era uma pessoa solitária, o que não era verdade, meu pai estava comigo. E agora eu sei o que é estar completamente só.

Solidão é quando
A gente fica cercado
De ninguém e nada

A perda definitiva aponta valores que a gente não consegue medir somente por estar distante. Precisei de apenas duas semanas para entender a falta daquele homem na minha vida. Penso que vivi grande parte dessa existência alimentando a mim mesmo de rancor e inflexibilidade. E me vem uma certa dor de consciência por isto, principalmente depois desse convívio com ele.

A casa virou uma concha em que me recluso entre a janela para o azul e a outra para a mata. Não tenho amigos, amigas e nem colegas reais, sequer namorei seriamente. Privei-me até de sociedadices. A grande maioria das pessoas com quem falo hoje em dia está apenas em rede. São de outras cidades. São de outros países e culturas. Converso por *chats* e *apps* de grupos e mensagens, aqui e acolá por e-mail. Nutro o sonho de um dia fazer viagens, como os meus pais fizeram, mas o passado que pesa sobre minhas costas vem comprimindo, dia a dia, minhas ambições.

DIAS DE SILÊNCIO

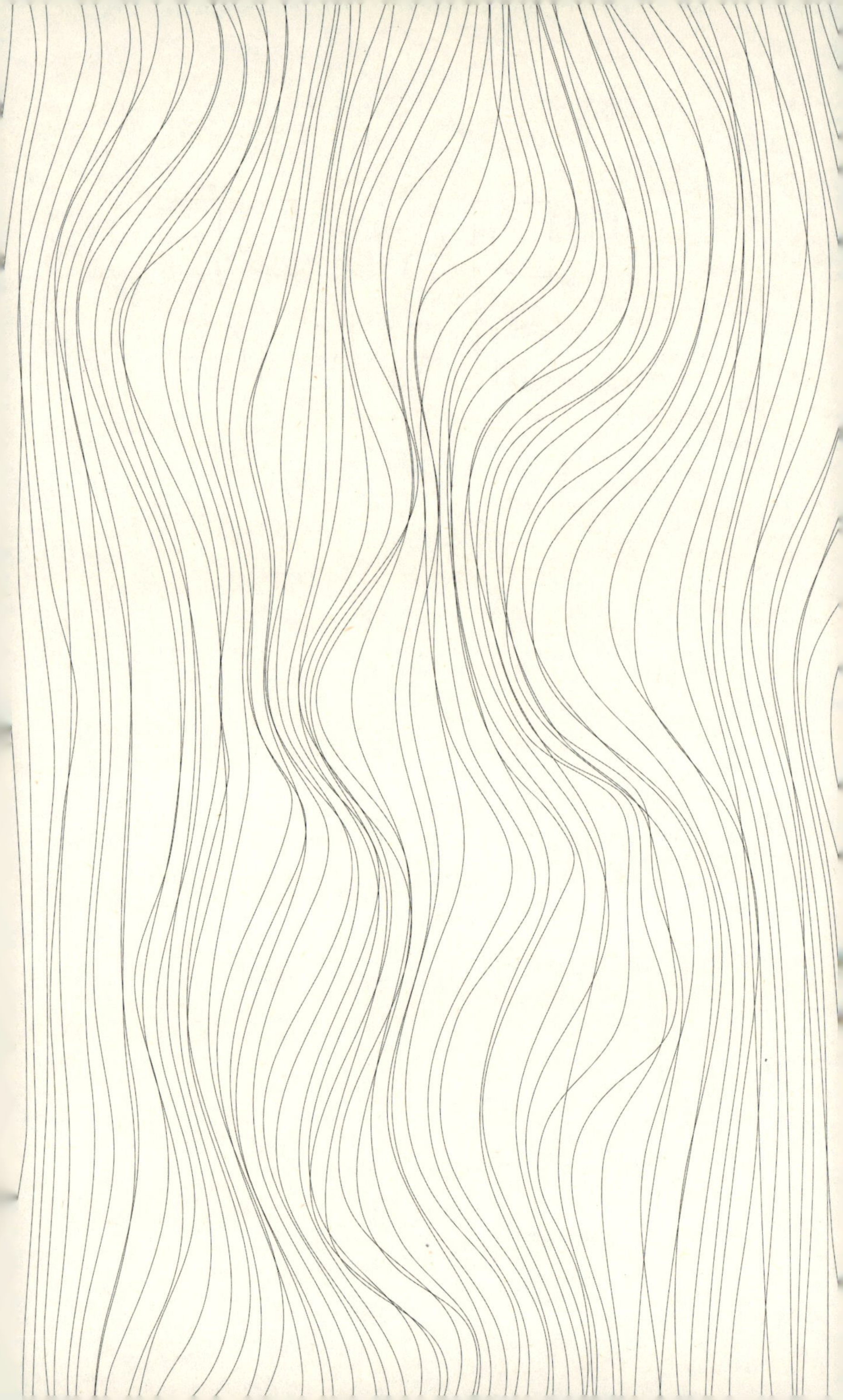

O carneiro espera
Outro carneiro que vem
Trocar cabeçadas

DURANTE O TEMPO EM QUE passei a morar com o meu pai na casa da praia, não houve diálogo entre nós. Aquele encontro para trocar ideias ou contar coisas nunca aconteceu. Não aconteceu sequer um diálogo semelhante àquele que trocamos às vésperas de nos mudarmos. Todas as vezes em que eu pensava em dirigir-lhe a palavra, eu era tomado por um misto de travamento e introspecção que me impediam de formar qualquer frase endereçada a ele. Era um sentimento de frustração, revolta e medo. De quê, o medo, realmente não sei explicar. Mantínhamos uma convivência protocolar de acompanhante e paciente. Parece-me que havia um pacto secreto que entendíamos ser necessário entre nós. E apenas isso. Reciprocamente.

Vez por outra, um cumprimento tímido de bom-dia ou boa-noite escapava de um, mesmo assim sem eco no outro. As frases que conseguíamos trocar eram as de atenção, cuidado e oportunidade.

– Segure aqui! – Quando precisava apontar-lhe um apoio;

– Me dê isso! – Quando ele queria algo distante;

– Cuidado com a mesa de centro! – Quando ele andava desatento...

E coisas desse tipo:

– Onde está o controle remoto?

– Quem pegou no meu caderno?

– Que horas já são?...

Fora isso, vivíamos eu e meu pai em silêncio. Um se trancava no quarto para trabalhar, enquanto o outro vagava pela casa procurando coisas e o que fazer. Até nisso revezávamos a convivência. Eu sempre me sentia mais em casa quando ele estava no seu quarto dormindo. E penso que ele também sentia o mesmo. Até às vezes quando quase nos esbarrávamos pelos estreitos caminhos da sala e cozinha, um abaixava a cabeça e esperava o outro passar, desimpedindo o caminho para a retirada subsequente.

Da minha primeira infância, eu trago lembranças da minha mãe sempre me alertando e ordenando para que, toda vez que eu me ausentasse ou chegasse à presença do meu pai, pedisse a bênção a ele, principalmente na frente de parentes. Nesses dias de silêncio em que vivemos juntos agora, vez por outra, eu me flagrei tendo que travar os lábios para, quando amanhecia, anoitecia, ou quando, de repente, eu o encontrava pela casa, não dizer, como dissera tantas vezes antes: "A bênção, papai!"

Mas eu travava e não saía a frase. Acho que alguma vez pode até ter saído algum ensaio de lágrima, mas palavra... nem uma.

O vinho... as taças
Sem o tilintar do vidro
Na mesa esquecidos

Foram momentos difíceis, aqueles. Uma convivência entre estranhos debaixo de um mesmo teto. Uma distância nunca vencida nem pela dor, nem pelo delírio. Eu sentia que a mim não custaria muito, por mais dolorido que pudesse ter sido, ou não, ouvir o meu pai quando ele precisou falar. Lembro a última vez que eu estive ao lado de seu leito no hospital, fora na visita das três, naquele hospital cheirando a éter. Ele me estendeu a mão, como um cumprimento. Mesmo sabendo que, há muito tempo, eu havia cortado o pedido de bênção, mas, como, pelo menos, eu respondi a ele aceitando o toque de mãos, ele virou seu rosto para a parede e tentou esconder umas lágrimas, na tentativa de encobrir o choro no seu rosto triste. E eu chorei também. Escondido do outro lado.

Doutra vez, nos encontramos por acaso no corredor aqui da casa. Ele estendeu o caderno para mim e tentou dizer alguma palavra, mas eu apressei-me a deixar o caminho livre para ele e recostei-me na parede, abaixando a cabeça.

Talvez fosse dessa forma que eu dissesse: – A bênção, meu pai! – porque, por dentro de mim, eu me sentia como se tivesse dito. E ele recolheu a mão que carregava seu caderno e entrou no seu quarto. Eu fui para a sala pegar o controle da TV para ver o futebol. Naquele instante, ele voltou do quarto e, ao meu lado, depositou o seu caderno, como quem diz: – Deus te abençoe, meu filho! – E se trancou de novo.

Essa minha fuga dos momentos sóbrios e íntimos entre nós, quando, quase, balbuciávamos qualquer palavra um para o outro, nos deixava distantes demais. Penso que fugi muito mais do que ele. Mas, naquela ocasião, eu passei a me sentir convidado, até pela forma inesperada do receber, de abrir e ler aquele calhamaço intemporal que, mesmo sem ele ter se dado conta, eu já havia bisbilhotado escondido e não havia gostado de nada.

A primeira vez que eu abri o caderno foi quando o meu pai precisou ser internado pela segunda vez. Foi numa noite em que eu fui acordado pela brincadeira da areia, carregada pelo vento, beijando a vidraça do quarto. Não parecia um vento simples, eram milhares de pequenos astros brancos brilhantes vibrando na dureza cristalizada daquela sílica translúcida que me separava da paisagem escura.

Com um certo asco, muito resistente, fui correndo os olhos por algumas dezenas de poemas soltos, num estilo curto, geralmente tratando de assuntos de natureza, lugares, sentimentos e viagens. É certo que me marcou o fato de que, pela forma como eram apresentados, traziam um poder impactante de reflexão e abstração, mas eu os achei muito egoístas. Uns até me levaram a esboçar um riso, por sua concisão e impacto, mas minha dureza não me deixou ir muito adiante. E eu o fechei. E guardei. Achei-o desinteressante.

Os rascunhos não tinham títulos, nem data. E traziam versos de experiências pessoais dele. Não havia nada familiar, concluí isso antes de fechar o caderno. Intuí, então, que tudo o que ele descrevia, as suas viagens e sua existência, era apenas narcisismo. Até cheguei a me interrogar intimamente: *Será algum tipo de provocação a mim? Ler sobre a vida dele, pensamentos, aventuras, viagens... seria para me provocar?* Fiz uma leitura muito apressada e aquilo só me pareceu egoísmo e vaidade. Por isso o guardei fechado. Não me senti atraído a reabri-lo outra vez. Até aquele momento, quando recebi o caderno das mãos dele. *Será que ele percebeu que eu o havia manuseado secretamente antes?* Fiquei a indagar-me silenciosamente.

Estiquei-me e peguei, no braço inerte da cadeira, o velho caderno. Abri aquilo, como anteriormente, com o mesmo desprezo na alma. Nutria um sentimento muito negativo em relação ao abjeto objeto do meu pai e, é verdade, eu ainda tinha asco do que mais eu poderia encontrar ali dentro. Contudo, ali estava ele, e eu não sei por que eu decidi reabri-lo, mas o fiz por uma segunda vez.

O CADERNO

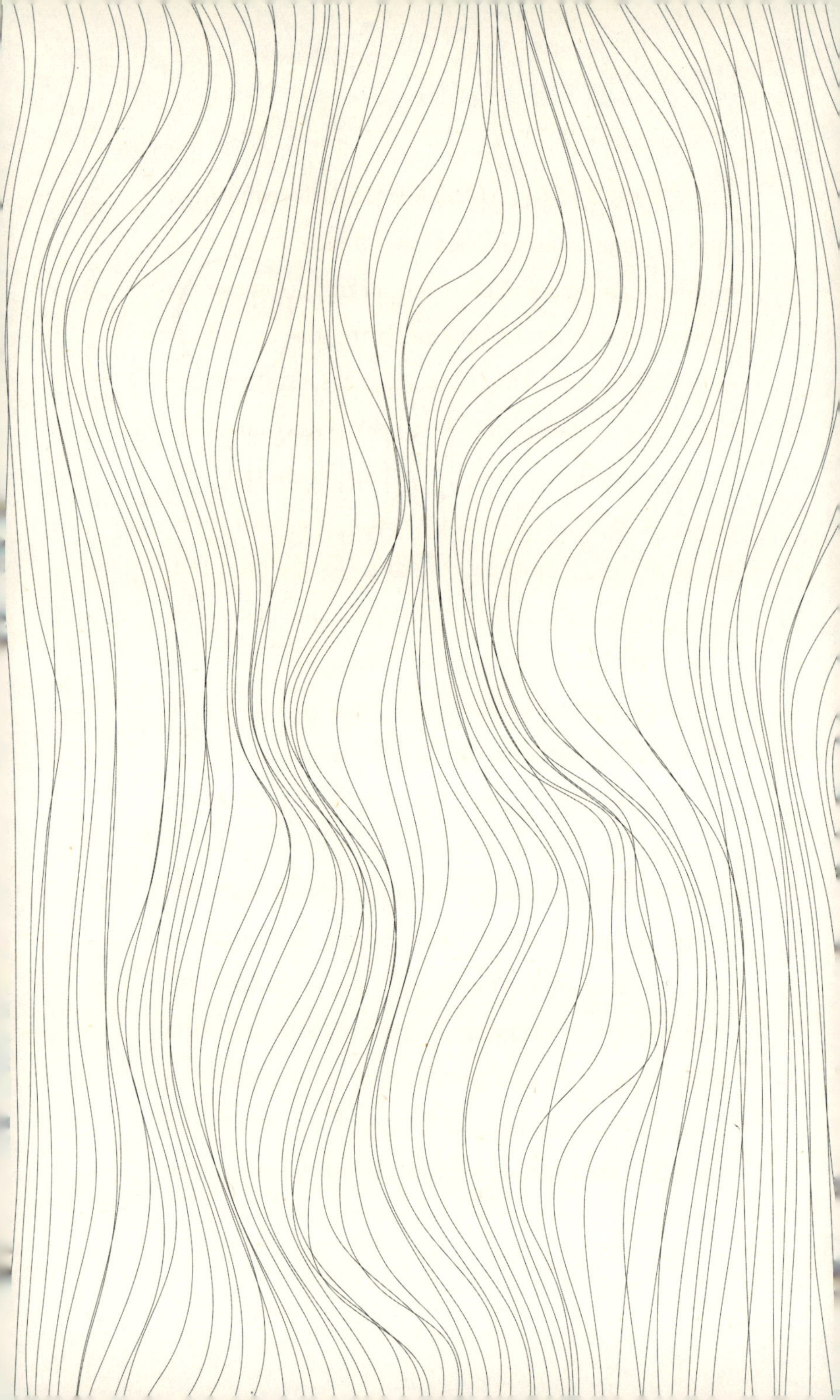

ERA NO SÓTÃO DA CASA de Tabatinga que eu guardava as recordações da minha mãe. O caderno do meu pai, eu tranquei numa gaveta, no escritório dele, uns cinco dias antes da sua morte. Nunca gostei de misturar as coisas. Eram sentimentos e convivências distintas. Excetuando-se o disco do Roberto, do qual minha tia também gostava, as coisas da minha mãe ficavam no sótão da casa, onde eu me refugiava. As do meu pai, nas gavetas, enquanto eu pensava o que fazer com elas. E foi no sótão que um dia eu encontrei um envelope fechado, lacrado, de uma antiga loja de revelação fotográfica do Recife.

Minha mãe, não sei por que, nunca abriu aquele envelope de fotos. E eu o abri. Foi abrir e cair, involuntariamente, num inconsolável choro. Eram fotos, em moderado estado de conservação, incluindo os negativos, desvelando fragmentos de uma viagem do meu pai com a minha mãe, como sua companheira e acompanhante. Coisa que eu nunca soube que havia ocorrido. Eu não sabia que ela havia viajado com o meu pai, nunca, mas as imagens me apresentaram todo o trajeto de uma viagem que ele fizera com a minha mãe, ambos em férias, num ano, pela data incrustada no envelope, em que eu sequer havia nascido. Então o caderno podia não ser algo de egoísmo, apenas. E eu voltei a abri-lo para refazer aquele trajeto de férias de meus pais noivos ou recém-casados.

Cidade Natal
De sol, de mar e areias
Portal do Brasil

(Para Lisboa)
O Tejo e colinas,
Um poema de Pessoa
Mas cadê teus galos?

(Para Madri)
Muy hermosa chica
Com pernas fortes, ligeiras
Mas de pulmões frágeis

Castellana Paseo
Donde Madrid se transmuta
Do negro ao branco

De ferro e de pedra
Paris se ergue altaneira
Brilho da Europa

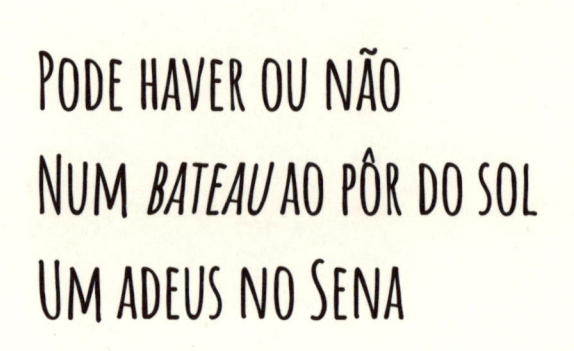

Pode haver ou não
Num *bateau* ao pôr do sol
Um adeus no Sena

As pontes se deitam
Para permitir abraços
Ou laços quebrar

Isso foi um arrebatamento para mim. Daquela vez, quando reabri o caderno do meu pai, eu via tudo com outros olhos. Podia não ser egoísmo e narcisismo somente. Percebi algumas páginas dobradas, como marcas, dentro daquele bloco de anotações. Notei que em quase todas essas havia palavras sobre nossa família. Li anotações de compras, de mercearia mesmo, li pagamentos de boletos de água e luz do endereço do nosso apartamento, encontrei prestações pagas do apê, impostos, uma ou outra receita, alguns lembretes para compromissos antigos, fotos nossas coladas em páginas e muitos rascunhos de poemas. No caderno do meu pai. Poemas que, eu descobri, foram feitos para nós, quando ainda éramos uma família.

Senti algo como uma mudança em todo aquele estado de desprezo, distância e rejeição que eu nutria por ele. Foi um lenitivo para muitas das dores que eu carreguei bem profundamente dentro do meu coração. Como se eu descobrisse que não fui um peso, um infortúnio, um obstáculo, como acreditara sempre. Enquanto minha mente vagava e revolvia as lembranças dos últimos dias com o meu pai, revivendo todo o meu sofrimento de estar eu, presente, para cuidar dele, mas com o coração carregado de rancor, sem abrir, para ele, qualquer porta de atenção para o ouvir, sem permitir que me dissesse aquilo que – eu tive esse sentimento várias vezes – ele sinalizou que precisava dizer, senti essa iluminação reacender em meu espírito.

Entrei pela noite folheando aquele relicário do meu pai, principalmente aquelas suas tentativas de ser poeta. Reli com cuidado cada um daqueles poemetos. Foi interessante como tudo passou a ter um novo significado para mim. Lembrei-me de muitos momentos de quando eu ainda nem tinha cinco anos. Muitos deles evocavam cores e cheiros por intermédio daqueles versos descobertos agora. Identifiquei muitas palavras como sendo para a minha mãe também. E outras tantas, ali, que li para mim.

Cãozinho gelado
De um sorvete de flocos
Fizeram o dálmata

Recordei claramente uma tarde de chuva em que minha mãe tomava um café com ele na varanda do prédio; ventava frio quando ela me pediu uma xícara vazia que estava sobre a mesa. Eu corri apressado para atender ao comando da minha mãe, mas, de súbito, meu pai segurou a minha mão, impedindo-me de recolher o utensílio, e piscou para mim. Eu vi o caderninho em sua mão e entendi que ele estava escrevendo ou desenhando algo sobre aquele momento. E parei. Criança imagina coisas.

Encontrei a lembrança de um dia em que ele indagou por onde minha mãe andara, pois havia chegado em casa com a saia cheia de espinhos. Não pude esquecer desse dia porque meu tênis estava igualmente carregado daqueles caroneiros, até os cadarços, e eu perdi o pique-esconde no térreo porque fiquei, um a um, arrancando-os.

E o caderno foi me apresentando poemetos que iam saltando do papel para as minhas reminiscências, além do cachorro pintado do síndico, a lagartixa que me fazia medo, a árvore dos pássaros que eu via lá embaixo, fora dos muros do condomínio onde morávamos, a estrela que cruzava o céu quando eu estava sem sono no meu quarto, o meu gato que comeu veneno e até o camaleão que morava num arbusto e tomava sol no alambrado da quadra do prédio, entre as trepadeiras...

Minha iguana verde
Que morava na amoreira
Gavião pegou

Na borda da xícara
O batom rubi borrado
Do teu beijo quente

Estrela cadente
Sem saber onde caiu
Arrebentou-se

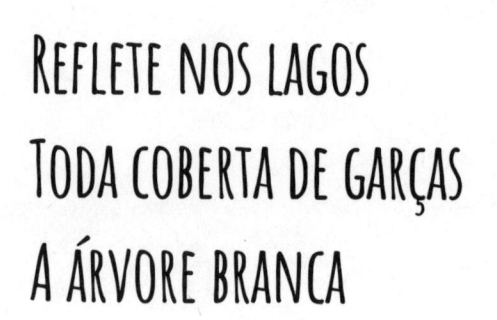

Reflete nos lagos
Toda coberta de garças
A árvore branca

Balança a cabeça
Lagartixa na parede
Hora de correr

Na barra da saia
Um carrapicho agarrou-se
E saiu com ela

Água bem quentinha
Verde mar e areia branca
Minha Praia Bela

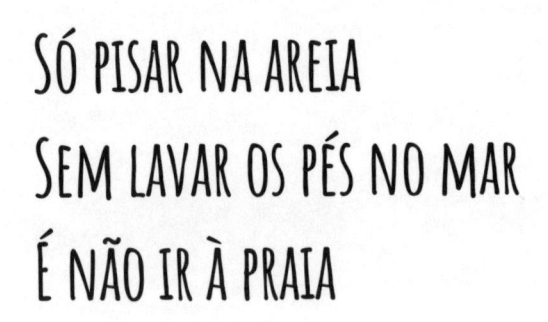

Só pisar na areia
Sem lavar os pés no mar
É não ir à praia

Pedindo um afago
Meu gato quando morria
Rosnou bem baixinho

Pensamentos indo e vindo com lágrimas. Deixei de lado o caderno que eu pretendia terminar de ler com outra xícara de café já posta e me deitei em qualquer cadeira da varanda. Cochilei por uns quinze minutos, embora parecesse ter cochilado mais. Quando acordei, o caderno havia caído de minhas mãos, estava aberto e ensopado numa poça do café que eu servi numa das velhas xícaras dos meus pais. A xícara restante de um par antigo, possivelmente chamada de Esperança ou Felicidade. No caderno, estava escrito um poema que me levou a soluços imparáveis, pois havia sido feito para mim, e ainda trazia abaixo, anotada, a data do meu nascimento:

Rebento amado
Nos braços do pai que sou
Traz eternidade

Então, eu entendi o seu último pedido feito a mim. No dia que o meu pai chegou da UTI, depois de sua quarta e antepenúltima internação, ele me perguntou pelo caderno. Digo perguntou, mas, na verdade, ele saiu pisoteando pela casa, levantando coisas e indagando a si mesmo:

– Alguém pegou no meu caderno?

Ele havia esquecido que me dera, quer dizer, me deixara seu caderno. Eu não respondi e apenas estendi para ele o caderno. Ele o pegou e entrou no quarto. Eu o vi escrevendo algo. Depois ele voltou e me pediu que o guardasse. Eu o peguei fechado e fechado o guardei entre as minhas coisas. Também não comentei que eu já o havia lido, em parte. Sentia que, se o fizesse, eu entregaria a minha mudança de ânimo em relação a ele naquele momento.

Meu pai foi internado mais duas vezes. Voltou de uma dessas situações mais circunspecto e mais triste. Voltou mais frágil. Naquele sábado à noite, ele, assim, do nada, me alertou:

– Você me deve um livro! – disse de maneira enfática.

E passou a me dizer que ele sonhava em publicar aqueles seus textos:

– Um homem precisa ter filhos, plantar uma árvore e escrever um livro; publicar o livro, você me entende?

Eu balancei a cabeça:

– Sim.

Presumi de imediato que ele havia plantado alguma árvore nalgum lugar. Então, ele pediu que eu fizesse mais alguns poemas, "para dar mais corpo", juntasse aos seus e publicasse tudo.

Confesso que a mim também aprazia muito escrever, mas nunca pensei em publicar nada, principalmente naquele estilo estranho de versos curtos, mas não sei por que balancei a cabeça e concordei. Foi como uma promessa a ele. Minha última promessa, pois, ainda naquela mesma noite, ele passou mal e precisou voltar para o hospital. Estava com suas taxas todas alteradas, apesar da rotina de medicamentos, e a falta de circulação nos membros inferiores causava-lhe dores horríveis que ele manifestava em grunhidos de socorro delirantes. No hospital, foi direto para a UTI.

Eu fiquei em casa rememorando a promessa. E escrevi meu primeiro poemeto relembrando os olhos do meu pai antes de entrar na ambulância.

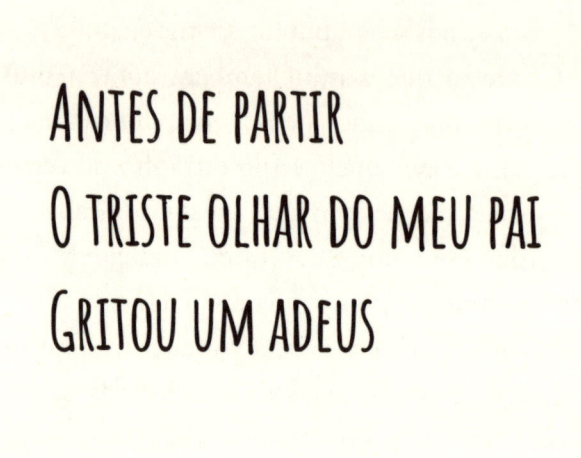

Antes de partir
O triste olhar do meu pai
Gritou um adeus

A madrugada se alongou duramente. Eu escrevia o meu segundo poema, ainda antes de o sol acordar no domingo, quando uma chamada do hospital me convocou para os procedimentos de praxe. Tal chamado é sempre um choque dolorido e carregado de confusão. Naquele momento, um misto de revolta e tristeza tomou conta de mim. Mais uma vez, como um desespero interno, uma revolta, eu estava quebrando o encanto recente e me voltando, ou me revoltando de novo, contra ele.

O abandono é algo que não se perdoa. Confesso que pensei em deixá-lo onde e como quer que estivesse. E chorando, misturava meus sentimentos com lembranças dos nossos últimos momentos juntos, quando ele, nem de longe, me pareceu aquele homem que abandonara a mim e a minha mãe, mas aí a revolta voltava e se ia com outras lembranças, para voltar mais uma vez e ficar, assim, indo e voltando, enquanto minha consciência ondulava entre raiva e perdão. Vencido, então, eu fui para os procedimentos.

Promessa é palavra
Que na mente vira um peso
Até ser cumprida

Herdei do meu pai uma casa e um caderno que era a única coisa que me mostrava quem ele poderia ter sido. Eu não curtia os seus discos e tinha pouco contato com os livros que ele enfurnou no seu quarto. Por sorte, o caderno se converteu no nosso link. Aquelas descobertas, que geraram em mim um novo sentimento e um olhar novo para o velho, me levavam a valorizar mais aquele volume frágil. Valorizar e desdenhar, às vezes. Pois se, por um lado, ele evocava saudades e lembranças, por outro, era também um último testemunho dos sofrimentos que carreguei durante toda a minha vida em virtude da ausência do seu autor comigo.

Foi por isso, por essa incerteza de saudade ou de revolta, que eu decidi enterrar o livro. Eu queria fazê-lo no fundo do nosso quintal, como um segundo sepultamento. Passados quinze dias do enterro do meu pai, quando em mim esfriaram os efeitos poéticos de alguns versos, acordo como se eu houvesse sido carcomido durante a noite pelo verme da insignificância. Conto para mim mesmo que algumas palavras em versos mal rascunhados não compensam toda uma vida de sofrimento. E eu corri para sepultar também o caderno. Foi quando um beija-flor falou comigo e recitou um poema meu, escrito no caderno do meu pai morto.

O
BEIJA-FLOR

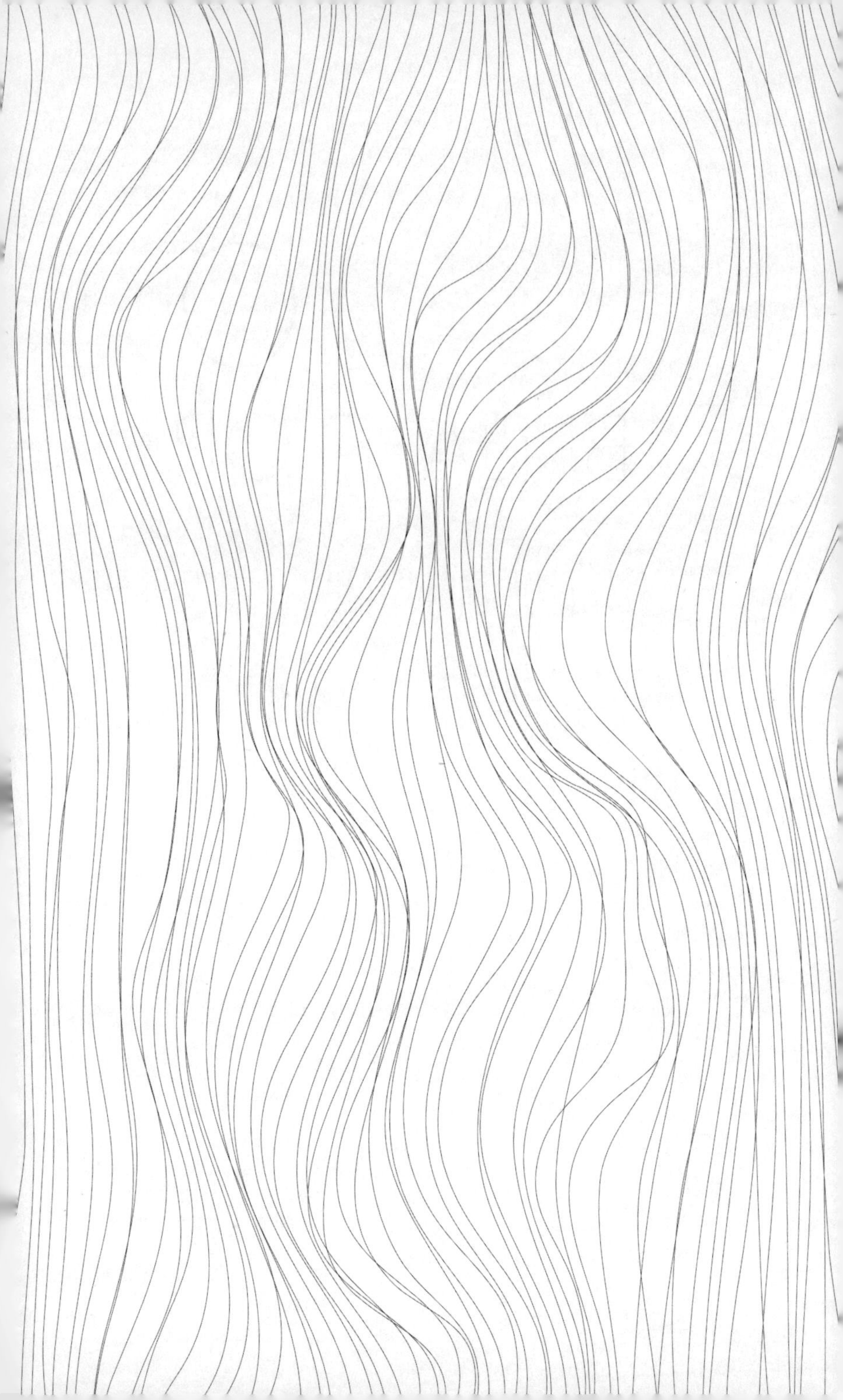

Beija-flor mansinho
Trouxe no bico o segredo
Que calou minh'alma

O FATO DE EU VIVER TÃO solitário e silente me levou a presenciar e acreditar em coisas que não são comuns a todos. Para mim, nunca soou estranho o fato de um pássaro falar. Papagaios falam. Não estranhei o fato de iniciarmos e mantermos, eu e aquele beija-flor, um diálogo. O que me causou espanto mesmo foi o fato de ele conhecer um poema meu. Assim, do nada, aparece um pássaro e recita para você um poema que é de sua autoria. Isso é extraordinário!

Então eu passei vários dias remoendo aquele encontro entre mim e o beija-flor aqui na lateral de casa. Meus pensamentos sempre iam e voltavam até aquele dia do aparecimento. Eu precisava descobrir como aquele bisbilhoteiro avoante conhecia o meu poema. Porque, afinal de contas, eu havia feito o poema, sem muitas pretensões, na vã tentativa de dar mais corpo ao caderno que meu pai deixou e me pediu para publicar, e eu prometi fazê-lo.

Hoje pela manhã, saí de casa de novo, no mesmo horário, e me dirigi à clareira onde o primeiro encontro, há cinco dias, aconteceu. Desde aquela nossa primeira conversa, ele nunca mais havia voltado. Voou dizendo a mim que sabia da autoria do poema e sumiu. Então resolvi voltar, e comigo, enfurnado no bolso, o caderno do meu pai, com mais alguns poemas meus agora, esperando reencontrar aquele beija-flor, mas ele não apareceu naquele dia, nem na semana que se seguiu. Eu, por outro lado, não desisti.

Eu chegava lá sempre às nove e meia da manhã. No mesmo local, ao lado da árvore grande, uma munguba, aos pés da qual cresciam cogumelos, ao lado dos quais eu cavara a poça em que o beija-flor se banhou. Vagava em pensamentos achando semelhanças entre mim e o meu pai. Aí mudava de ânimo subitamente e era tomado por pensamentos negativos, os mesmos que eu nutri por muito tempo sobre ele. Pensamentos que me fizeram passar toda a adolescência e juventude distante, rancoroso e triste.

Em uma sexta-feira, acho que no décimo terceiro dia, de repente, um barulho atrás de mim sacudiu o silêncio. Um casulo cinza tremia, pendurado num galho verde. De dentro dele, saía um som de algo acordando, bocejando e, forçando as paredes daquela pequena clausura, irrompeu, empurrando os membros contra os limites duros do invólucro. Então, um som seco foi ouvido e pingos de luzes amarelas e azuis explodiram em volta.

De dentro do verme
Sacudindo cores novas
Sai a borboleta

Escrevi este outro poema no chão enxumbrado, bem aos pés da munguba longeva. Recostei-me na pele grossa da árvore e, quando olhei para cima, percebi não uma, mas uma dezena de milhares, talvez milhões, de asas áureo-azulinas sacudindo os ventos da mata alegre daquela manhã de setembro. Cores límpidas voando contra o sol, ao estalar de casulos e mais casulos libertando vidas. Adormeci sob a cinematográfica valsa colorida das borboletas. Acordei já ao anoitecer. Decidi que voltaria ali mais uma vez, no outro dia cedo. Eu estava decidido a chancelar de vez aquela amizade.

De manhã, perto das nove horas, quando eu me aproximo da munguba, na clareira, perto dos cogumelos, sob as borboletas e ao lado da poça, ele já estava lá. Eu estava quase perdendo todas as minhas esperanças. Pensei que tivesse sumido definitivamente; morrido, talvez. Acho que eu alimentava todos os medos de nunca mais reencontrar aquele passarinho. Pensei muitas vezes que aquele nosso encontro, o primeiro, tivesse sido alguma criação minha, uma miragem, utopia, delírio da minha mente. Afinal de contas, eu estava em um estado muito alterado de pensamento e comportamento naqueles dias após a perda do meu pai. Mas ali estava o beija-flor e eu me aproximava com cuidado para evitar sua fuga.

As borboletas haviam salvado o poema de ontem. Hoje, felizmente, eu encontrei o beija-flor e queria saber se ele podia adivinhar de novo o que eu escrevi. Ele parecia meio triste naquela manhã. Eu, alegre por reencontrá-lo, aproximei-me devagar, mas percebi que ele já havia me visto e, mesmo assim, não voou. Mantendo uma distância de amigos, eu indaguei:

– Você viu o nascer das borboletas?

– Não tive a sorte – ele respondeu com certa seriedade comum aos solitários. – Mas eu sei do poema.

– Como assim? Aqui no chão? – indaguei e logo emendei com a minha dúvida mais persistente: – Desde quando você conhece meus poemas?

– Eu nasci para... – ele tentou quebrar a tristeza, mas, antes que ele concluísse o que pensara em dizer, outro beija-flor aproximou-se dele, roubando toda a sua atenção.

Era um belo espécime, em tudo parecido ao falante. Desceu rápido e surgiu, não sei de onde, fazendo um barulho alto com o acelerar de suas asas, e voou para frente, depois para trás, voou para cima e depois para baixo, deu voltas ao redor, subiu de novo, desceu, emitiu uns sons de intimidade, sei lá, qualquer DR de beija-flores, e deu mais algumas voltas, umas subidas, outras descidas e ficou mudando a cor de suas penas, depois afastou-se desolado.

Passarinho triste
Numa galha seca espera
Uma passarinha

– Você não gostou? – perguntei.

– Pode não ser uma simples questão de gosto – respondeu. – Mas uma questão de missão, de tempo. – E voou me deixando só.

A insistência me fez voltar no domingo. Eu o encontrei no mesmo galho. Dali, voava para uma e outra flor, depois voltava e cochilava tranquilo. Eu resolvi ficar somente espiando. Não tive coragem de dirigir-lhe a palavra. Movia-me devagar para não interromper as pequenas sestas que se sucediam após os seus rasantes, mas eu precisava continuar nossa conversa. Eu precisava saber o que os pássaros sabem de poemas. Tentei chegar dois passos mais perto. Ele, com o abrir de um olho apenas, como se não quisesse acordar com os dois, me alertou:

– Você pisou na minha papoula.

Eu levantei rapidamente o pé quando fui alertado mais uma vez:

– E tome cuidado com os besouros que se aventuram nas outras flores. – E, de repente, eu vi um besouro. Esquivei-me cuidadosamente evitando um novo acidente e resolvi, de improviso, recitar para ele um poema:

Usa capacete
Pra subir numa flor branca
Uma joaninha

– Ficou engraçado. Mas você já fez melhores – disse-me ele com um ar sagaz na ponta do bico.

E indagou:

– Você quer ouvir o meu improviso?

O vermelho vivo
Da papoula que morreu
Pintou seu sapato

E eu não acreditava que agora estava ouvindo poemas de um beija-flor. A partir daí as interrogações eram bem maiores, porque, se num primeiro encontro ele havia recitado um poema meu, agora ele próprio havia recitado um de sua autoria. E, nas minhas elucubrações, eu ficava a imaginar como pode um pássaro saber de cor o poema de alguém e, mais intrigante ainda, como pode uma ave compor e recitar versos? Isso é mais do que extraordinário.

Voltei para casa. Dormi bem. E, antes do meu café da manhã da segunda-feira, fui surpreendido com umas batidas secas no vidro da minha janela. Era o beija-flor que, indo e voltando, bicava o vidro, chamando minha atenção. Abri a janela. E ele entrou no meu quarto.

Moldura pra vida
Que, meu medo de viver,
Deixa assim trancada

– Essa sua visita me surpreende – inaugurei.

– Já foi mais fácil falar com você – ele brincou. – Você dorme agarrado com esse caderno? – perguntou-me enquanto sobrevoava o meu quarto. Depois ausentou-se, entrou no quarto que era do meu pai. Voltou. Não falou nada, mas pousou sobre o caderno que eu havia deixado ao lado da cama, entreaberto.

– Eu não tinha, mas tenho sentido muita falta da presença do meu pai, mesmo calados como éramos – eu disse.

– Que bom você reconhecer isso...

– Como eu posso chamar você, um nome ou apelido? – indaguei.

– Como você quiser.

– Azulino.

– Gostei, eu tenho me sentido muito mais azul nestes dias.

– Quando você voa, você fica azul.

– Eu falei sobre me sentir. E me sinto tão azul quanto você.

– Mas eu não sou azul – retruquei de pronto.

— Lógico que não, mas você talvez esteja mais azul do que eu.

E ele voou para mais perto, pousou na minha escrivaninha, bem junto ao teclado do meu computador que pernoitou ligado, e fixou os olhos na tela que mostrava os poemas digitados. O caderno de anotações do lado, meus óculos, a caneta... Com um olhar insistente, revezando-se entre a tela e o caderno, ele não precisou dizer nada. E eu percebi imediatamente um certo ar de alegria e contentamento dele ao encontrar-me, ali, com aquele caderno aberto, indicando já haver desistido de me desfazer daqueles poemas e voltado a considerar a possibilidade de publicar tudo em livro.

— Eu resolvi publicar. Irei cumprir a minha palavra – eu encerrei.

— E bem na hora! – ele me surpreendeu.

Aí um vento súbito bateu a janela e espantou meu amigo, que ficou desesperado batendo contra as paredes, procurando uma saída. Afinal, ele é um pássaro indefeso, apesar do azul, que eu achava lindo e forte. Rapidamente, eu abri de novo a janela. Ele atravessou como um raio o pequeno espaço entre a folha e a moldura. Não parou, nem olhou para trás e sumiu na mata.

Durante toda a tarde, eu fiquei me lembrando daquelas palavras: "bem na hora". Havia muitas hipóteses, muitas respostas, mas eu só pensava que era pelo fato de eu haver prometido essa publicação ao meu pai quando ele estava no seu leito de morte. As coisas prometidas nessas horas finais têm uma força universal muito grande. Dormi com a cabeça fervilhando com essas interrogações. Despertei na segunda-feira que, como sói acontecer, passa correndo e acaba num abrir e fechar de olhos.

A terça-feira me encontrou com um sentimento de alívio na alma. Passei toda a manhã sorrindo. Tomei meu café, vendi minhas coisas on-line, cozinhei, ouvi música e me senti com o coração palpitante de curiosidade. Eu queria encontrar o meu amigo, o beija-flor, e reconstruir com ele nosso diálogo anterior. E era esse o motivo da minha felicidade. Eu podia conversar com alguém, enfim, na vida real, mesmo que fosse com um beija-flor. Um beija-flor que conhecia meus poemas, que também era poeta e escritor e que sabia que eu estava renascendo. Foi isso que eu entendi sobre o "bem na hora". Me sentia livre dos meus traumas, das minhas dores... de tudo. E podia viver, buscar ser feliz.

Desde muito longe, eu o vislumbrei a voar e bicar as flores. Parei um momento para apreciar o trabalho do meu amigo. Interessante como as aves trabalham. Trabalham sem parar, satisfeitos e sempre felizes, esvoaçantes. Outra lição que assimilei. Aproximei-me. E recitei para ele um dos últimos poemas que aprontei para finalizar o caderno e publicar o livro do meu pai.

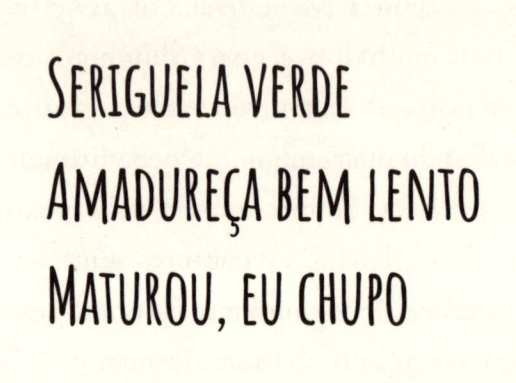

Seriguela verde
Amadureça bem lento
Maturou, eu chupo

– Eu gosto de seriguelas – ele me esclareceu.

– Era uma das frutas favoritas do meu pai. Escrevi isso depois que comi uma das que brotou da árvore trasladada de um vaso de cimento e que nós plantamos na entrada da casa – eu disse.

– Gostosas, provei ontem também. Das minhas favoritas – ele vaticinou.

Eu sorri, pela coincidência, e passei a lhe falar das minhas descobertas. Quero dizer, dos poemas que encontrei e que batiam com momentos e com lembranças que eu trazia da minha infância, da minha mãe e do meu pai. O beija-flor atencioso, parado na ponta de um galho verdoso, indagou-me se eu podia colocar alguns poemas seus no livro, também.

– Dois para a sua mãe – ele disse. – O outro meu será para fecharmos o livro – concluiu.

E eu concordei: "Bem na hora!".

Então, com o bico comprido e fino, ele escreveu no chão, para que eu copiasse no nosso caderno:

Taça de chá quente
Joga no céu a cortina
Do cheiro da erva

Istambul separa
E conecta terras e povos
Aos seus minaretes

Eu congelei! E, desta vez, fui eu que deixei correndo aquele lugar onde sempre nos encontrávamos e fugi, sem qualquer despedida, para casa. Com o coração a mil, subi as escadas que davam para o velho sótão, onde eu decidi abandonar nossas coisas. Vasculhei as caixas, as empoeiradas gavetas e as portas desalinhadas de nossas lembranças esquecidas ali.

Peguei todas as fotos soltas e o velho álbum de fotografias. De repente, me senti imerso em lembranças do meu pai e da minha mãe, juntos, tomando chá numa tarde de chuva na varanda do antigo apartamento. Tudo tão vívido que eu conseguia ver a mim mesmo na cena, com o casal. Minha mãe falando a palavra Istambul. Aquela palavra que minha mente infantil não sabia que era uma cidade, mas que ficou gravada em minha memória, somente porque eu a achei uma palavra muito bonita.

Eu a ouvi uma única vez e gravei sua sonoridade, mesmo sem saber do que se tratava. Fechei meus olhos e vi os lábios da minha mãe articulando: "Istambul", e vi meus olhos de criança imaginando istambules como pássaros, fadas, luzes, cheiros e lonas estreladas de circo. Tudo, em som e significado, diferente da palavra geográfica ouvida por mim algumas vezes na adultice. Eu havia esquecido, ou guardado dentro das minhas negações, como um nome ou sobrenome insignificante, o que significava aquela palavra. A cidade que eu ouvia falar nos jornais era muito distante da lembrança do que esta Istambul que a memória da minha mãe me trazia. E agora, saída do bico de um beija-flor, esta palavra me devolvia à infância e completava a alegria que eu subitamente voltava a sentir. E, sim, eu colocaria no livro esse poema dele, um passarinho, fazendo uma homenagem a ela, a minha mãe, rediviva ali em todas as fotografias da cidade com o nome de "pássaros, fadas, luzes, cheiros e lonas estreladas de circo".

Pensei em voltar correndo até a mata e dizer isso a ele: "Eu me lembrei de um dia ouvir minha mãe falar essa palavra, mas ela estava guardada num escaninho secreto dentro do meu coração e era em tudo diferente das vezes que eu a ouvi pronunciada depois. Você me fez reencontrar com a alma da minha mãe." Mas não voltei. Fiquei em casa sorrindo comigo mesmo. Dormi no sótão e me cobri com aquelas saudades.

Hoje é uma quarta-feira. Um pouco mais de quinze dias depois da morte do meu pai. Quatro anos da morte da minha mãe. Levantei-me muito cedo, tomei meu café e fui procurar o meu amigo. Não o encontrei mais. Procurei por todos os cantos e nada. Não estava por lá. Nem beija-flor, nem borboletas, sequer cogumelos. No chão da mata, vizinho da minha casa, bem no meio da clareira, escrito a bico, ou à pena, encontrei:

> *"Sua pressa ontem não me deixou apresentar o poema que eu iria escrever para encerrar o livro. Então você mesmo o fará. Mas precisa fazê-lo agora, assim que ler esta carta, porque ainda amanhã eu levarei você comigo para o céu.*
>
> *Beija-flores vivem muito brevemente. E nascem com uma função muito específica.*

Um dia, eu tentei dizer a você, mas acabei não concluindo. Leia com atenção esta história ancestral: Povos antigos acreditavam que a alma das pessoas virava borboleta quando elas morriam. Como elas precisavam alcançar os céus, então bebiam néctar para fortalecer suas asas e poderem fazer o longo voo.

Numa aldeia, uma mãe indígena, viúva, vivia com sua única filha. Juntas, todos os dias elas passeavam entre as campinas de flores, pescavam, se divertiam muito, e compartilhavam tudo entre si, como se após a perda do pai, todo o mundo se resumisse a elas duas.

Mas um dia, subitamente, a mãe também morre e a alma dela se transforma em borboleta, como as demais. A filha sozinha passou a viver próximo ao túmulo da mãe, mas não conseguia mais vê-la, o que a fez viver muito triste e rezar todos os dias para que a mãe a levasse para o céu. A tristeza da perda acabou por enfraquecer tanto o corpo da pobre garota que ela também morreu. Com medo de virar uma borboleta e voar para longe, perdendo-se completamente da sua mãe, a alma da menina trancou-se dentro de uma flor, ao lado do túmulo maternal.

A mãe, que havia se transformado em uma borboleta, quando voava procurando sua filha, encontrou-a aprisionada na flor, mas, como a menina não virou borboleta, como não tinha asas iguais, ela não teria forças para, batendo as asas sozinha, carregar a filha consigo para o paraíso. Néctar nenhum seria suficiente.

Então ela fez uma oração e pediu ajuda a Tupã, que a atendeu. Ele deu a ela a forma de um beija-flor, com asas fortes e ágeis, para que ela pudesse, enfim, voar com a alma de sua filha até o céu.

Assim, e para isso, nasceram os beija-flores. Até amanhã."

O ÚLTIMO POEMA

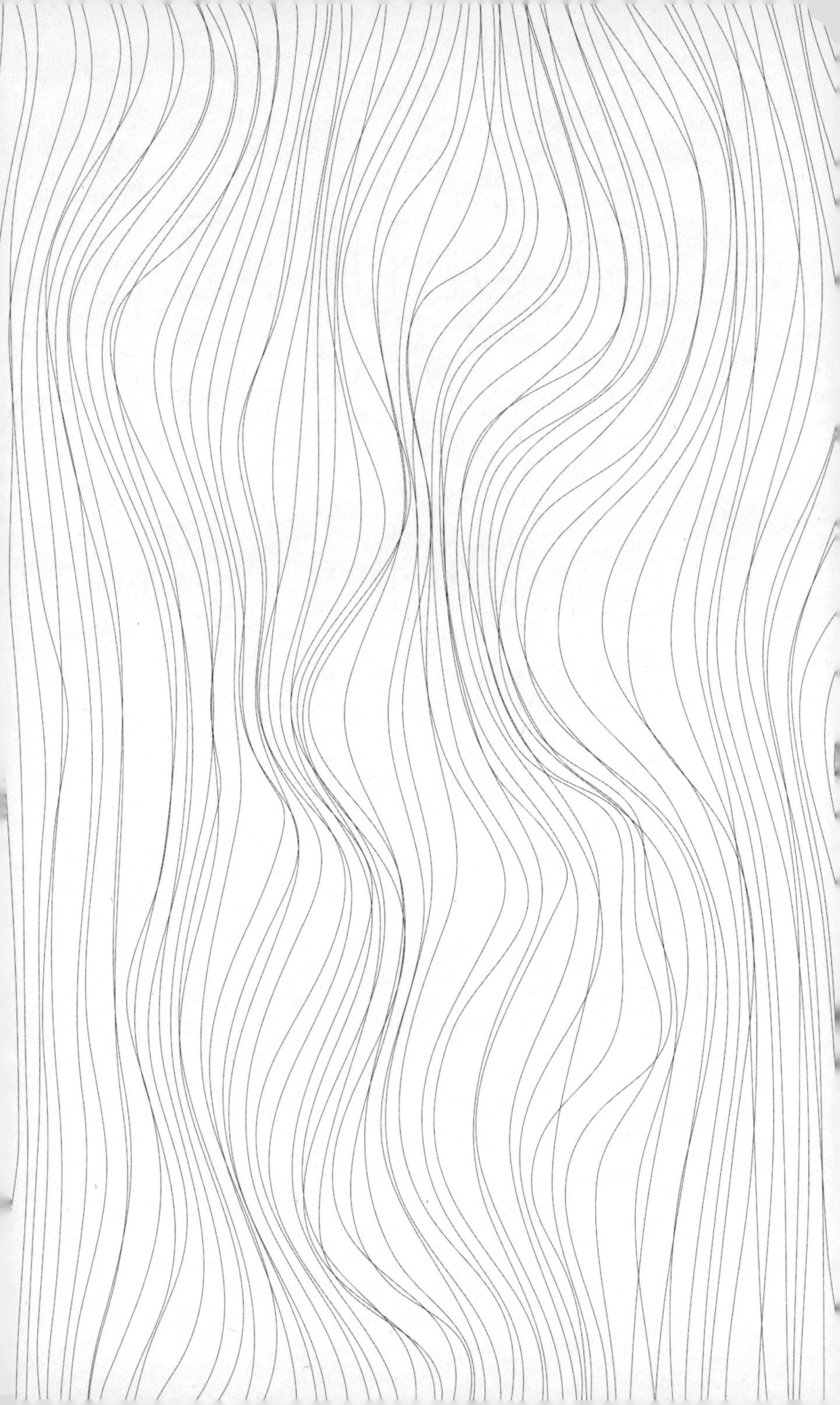

Chora a alma, triste
Pois perderá suas cores
Adeus, Primavera!

EU SEMPRE TOMAVA CAFÉ nas xícaras de chá da minha mãe. Uma teimosia minha provocando nela seu lado mais professoral, que me aprazia muito conhecer. Eu gostava de relembrar suas correções quando eu, apenas por pirraça, colocava café nas xícaras que "eram para chá", como tantas vezes ela me advertiu.

Tínhamos duas xícaras brancas especiais que foram compradas por ela para o chá vespertino com o meu pai. Ela sempre alertava que eram para chá, somente, e que não deveriam receber café ou outra bebida para não interferir no cheiro e sabor das futuras infusões. E por isso eu teimava, sorrindo por dentro.

As xícaras e cada um dos seus respectivos pires traziam ideogramas japoneses impressos.

No dia do primeiro chá, ela me explicou que eram: "Felicidade", a dela, e "Esperança", a do meu pai.

Xícaras são como beija-flores.

Um dia, elas chegam, lindas, num outro elas desaparecem.

E agora, estou eu aqui, esperando aquele passarinho, com a xícara de chá restante, cheia de café frio...

E eu não sei se foi a Esperança ou a Felicidade que se foi um dia.

E também não sei se é a Felicidade ou a Esperança que resta aqui comigo.